LA CHÛTE

DES

TYRANS.

ODE,

SUIVIE DE PLUSIEURS MORCEAUX

DE LA

TRAGÉDIE DE CATON.

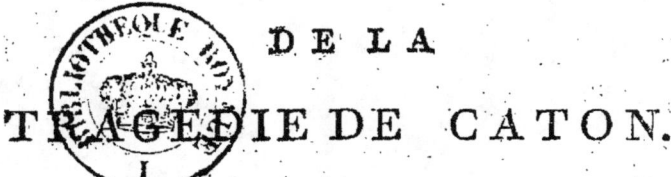

Par le Citoyen CAMPAGNE *, auteur
de l'ode sur la Liberté, et de celle
sur la prise de* TOULON.

Pour dissiper leur ligue, il n'a qu'à se montrer,
Aussitôt dans la poudre il les fait tous rentrer.

(ESTHER)

A PARIS,

De l'Imprimerie de LIMBOURG et COMP.
rue des Filles Thomas, n°. 88.

AVIS.

J'ai suivi dans cette nouvelle Ode plusieurs rithmes differens, (*a*) afin de moins fatiguer l'oreille par le retour fréquent du même nombre, et de mêmes chûtes périodiques. J'ai fait ensorte de soigner autant que je l'ai pû, et l'harmonie des vers et la plénitude des rimes. Partie, comme je l'ai déjà observé ailleurs, trop négligée de nos jours. La poësie, qui n'est autre chose qu'une espèce de musique, dépourvue de cet agrément, perd toute sa beauté. Jamais les *Despreaux*, les *Racines*, les *J. B. Rousseau* ne l'ont dédaignée.

On se persuade, et je ne sçais pourquoi, aujourd'hui, qu'une Ode doit être courte; c'est une erreur nuisible au genre le plus brillant de la poësie. Une Ode, est toujours trop longue, quand elle se traîne péniblement dans sa marche; elle ne l'est jamais, quand son jet est soutenu, son vol également élevé jusqu'à la fin; quand elle vit d'images; qu'elle frappe par ses élans rapides, ses éclairs imprévus. Pindare, le célèbre Pindare, a-t-il craint de faire parcourir une immense carrière à ses hymnes immortelles, à ses hymnes dont plusieurs égalent un chant d'Épopée? et Rousseau, lui-même, son digne concurrent, n'a-t-il pas donné quelquefois à ses Odes la plus vaste étendue? Pourquoi donc vouloir prescrire des bornes aux arts? Les talens seroient bientôt anéantis, si la pensée s'assujettissoit aux règles du caprice; si le génie perdoit un instant de vûe les chefs-d'oeuvres immortels des grands maîtres.

LA CHÛTE

DES

TYRANS.

ODE.

L'AIR ému s'agite et frissonne;
Il gronde, il retentit trois fois:
O ! fière et sanglante Bellone,
N'ai-je pas entendu ta voix ?
Soudain, ton courroux se réveille ;
L'airain tonnant à mon oreille,
Fait mugir l'écho fugitif.
J'entends crier par-tout : « aux armes »
Frémissez : la nature en larmes,
Pousse un accent long et plaintif.

Où fuyez - vous jeunes bergères,
A ces formidables appréts ?
Que vois-je ! vos troupes légères
Se perdent au fond des foréts !

A 2

Loin du tumulte et du ravage,
Auprès de l'animal sauvage,
Vous cherchez un antre écarté.
Plus de danses, plus d'allégresse,
Hélas! du Dieu de la tendresse
Le temple aimable est déserté!

———————

Cessez, jeunesse vagabonde!
De courir les cheveux épars :
Si, dans ce jour, la foudre gronde,
C'est pour protéger vos remparts ;
C'est pour anéantir l'audace
De cette criminelle race,
Ivre d'un téméraire effort.
Dont les automates serviles
Veulent, au sein de nos asyles,
Porter l'esclavage et la mort.

———————

Le front majestueux et rayonnant de gloire,
Du céleste séjour, dans un char de victoire,
Liberté, tu descens aux yeux de l'Univers.
Heureux et réjouis déjà par ta présence,
Aux charmes énivrans d'une douce espérance,
Tous les cœurs sont ouverts.

———————

Que vois-je! A ton aspect, l'horrib'e tyrannie,
Réveillant les fureurs de son cruel génie,

Les cheveux hérissés , s'acharne contre toi :
Mais ô fruit trop amer d'une aveugle démence !
A ta voix, le Français frémit, s'arme , s'élance ,
    Et vole avec l'effroi.

Dieu ! quel est le pouvoir de tes loix souveraines !
Un peuple vertueux dont tu brises les chaînes
Désormais peut-il être encore assujetti ?
N'a-t-on pas vu cent fois, aux accens de ta bouche,
Des tyrans effrénés, de leur suite farouche ,
    L'orgueil anéanti ?

Comme ces animaux , qu'un soufle impur enfante ;
Qui , balançant le vol de leur phalange errante,
De leurs corps infectés , obscurcissent les airs ;
Dont la troupe s'échappe et fuit dans le Tartare ,
Dès que du vaste sein , de son antre barbare ,
    Sort le Dieu des hyvers.

Ou comme ces amas de neiges entassées ,
Qui, surchargeant les monts de leurs têtes glacées,
Vont, de leur morne aspect, épouvanter les Cieux :
Mais qu'enfin du midi , la dévorante haleine
Ebranle , précipite avec bruit dans la plaine,
    Et fait fondre à nos yeux.

De même le trône célèbre ,
Dont le front bravoit le Très-Haut ;
Au son de la cloche funèbre ,

                3 A

S'écroule aux pieds de l'échafaud.
La fourche, la torche, et les armes,
Au sein des lugubres allarmes,
Se promènent de toutes parts.
Malgré ses poisons et sa ruse,
La tête affreuse de Méduse
S'offre sanglante à mes regards.

L'irrévocable destinée,
Sur le marbre écrit votre arrêt:
Votre heure fatale est sonnée:
Tremblez, le bras vengeur est prêt.
Tremblez, dévorantes couleuvres,
Votre art et vos sombres manoeuvres,
Pour vous, sont un foible recours.
Le Français vole à la victoire:
De ses exploits et de sa gloire,
Qui peut interrompre le cours ?

La mort, la terreur l'accompagne,
(*) Déjà Cobourg est renversé.
Ton despote, ô superbe Espagne,
Présente un front sombre et glacé !

(*) Tout Paris retentit encore des exploits des enfans belliqueux de notre République. Je n'entrerai dans aucun détail sur leurs nouvelles victoires : on connoît ce cri sublime de nos soldats : « *Point de retraite aujourd'huy* ! « répétons, Français, toujours, *Point de retraite*. Bientôt tous les trônes sont en poudre ; et les drapeaux de la Liberté triomphante, flottent dans les climats les plus lointains.

Envain , sous l'atteinte du glaive,
Le fanatisme se relève ,
Et traîne , à grand bruit, ses anneaux.
C'en est fait ; les rives du Tybre
Vont voir encore, d'un peuple libre,
Floter les orgueilleux drapeaux.

Transporté tout-à-coup d'une fureur divine ;
Envain je me dérobe au feu qui me domine :
Des gouffres ténébreux, à mes yeux sont offerts.
La terre sous mes pieds et s'agite, et s'entrouvre :
Fuyons... mais je découvre
Le séjour de la mort et l'antre des Enfers.

Que de fleuves de sang, que de têtes plaintives ;
Que de mânes errans , sur ces fatales rives,
Me font encore entendre une lugubre voix !
Quel est donc ce spectacle, affreuses Euménides ?
Ce sont les fruits perfides ,
Les victimes jouets des prêtres et des rois.

Léopards couronnés , contemplez votre ouvrage :
Que votre œil effrayé perce , de ce rivage,
Les chemins tortueux , la ténébreuse horreur.
A ces pâles objets, de vos têtes altières,
S'agitent les crinières ,
Et sur vos pas craintifs court déjà la terreur.

Desposte tu pâlis à l'aspect de l'abîme ;
Ton pouvoir menaçant , ton empire sublime,
S'échappe et croule au fond du gouffre caverneux ;

Et les Dieux infernaux, de leurs tristes repaires,
    Ont armé les vipères,
Qui, vautours éternels, rongent ton coeur hydeux.

O mort! affreuse mort! ton aspect me terrasse :
Je fuis; mais c'est en vain, t'acharnant sur ma trace,
Sans relâche tes pas suivent mes pas errants.
Monstre! que me veux tu? ta voix me crie: « arrête:
    « Lève, lève la tête,
 « J'ai promené ma faulx, il n'est plus de tyrans.

    Semblable à l'archange rébèle,
    Qu'un doigt sublime a crayonné ;
    Dont l'essor rapide et fidèle
    Perça le cahos étonné.
    De même, en mon vol intrépide,
    Parcourant l'espace du vuide,
    Je touche enfin nos régions.
    Liberté, ton heureux génie,
    Sans retour, de la tyrannie,
    A dispersé les légions.

    Règne Déesse bienfaisante;
    Règne, sur l'Univers charmé:
    Mais déjà ton aspect enfante
    Tous les trésors de l'âge aimé.
    Déjà Bellone et son tonnerre,
    Chassés à ta voix de la terre,

Loin de nous sont allés mugir.
Du sang des guerriers inflexibles,
Je ne vois plus nos champs paisibles,
Et s'abreuver et se rougir.

***

L'astre, dans sa course orgueilleuse,
Enchante l'homme à son réveil ;
Le sein de la terre amoureuse ,
S'entrouvre aux doux feux du soleil.
Sur les bords fleuris de la France ,
N'est-ce pas toi, riche Abondance,
Qui roule dans un char doré ?
Tandis que la pudeur rappelle,
Aux pieds de la beauté fidèle,
L'hymen vertueux et sacré. (*c*)

***

Mais le Ciel est ému; tout frémit, tout s'agite;
Tout semble dévoré d'une flamme subite :
La terre a trésailli.
Je te vois, triomphante et libre après un lustre,
Lever, plus belle encore, ô ma Patrie illustre,
Ton front énorgueilli !

***

La lyre a résonné sous la main immortelle;
Chénier, Lebrun, ô vous ! vous dont la voix
m'appelle,
Interrompez vos airs :
Mais votre enthousiasme et s'anime et s'élance ;
Votre transport heureux, votre transport devance
Mes timides concerts.

La montagne sacrée, au milieu de nos Fêtes,
Eclatant Sinaï, lève ses doubles têtes,
    Aux regards des mortels.
C'est-là que le Sénat, calme et toujours le même,
Fait retentir par-tout, d'un Dieu juste et suprême,
    Les décrets éternels.

Quelle voix à l'instant nous frappe, nous réveille,
Et d'un Dieu créateur, annonçant la merveille,
    Excite nos transports?
Français, Français, écoute! ... oui, ton unique
    maître
Est ce Dieu ; son pouvoir éclate; il va paraître :
    Prépare tes accords.

Il vient, il parle, il crie en ton ame ébranlée;
L'athéisme hydeux, la tête échevelée
    S'enfuit à son aspect;
Il subjugue les rois, terrasse l'imposture,
Il a survécu seul.... et toute la nature
    S'incline avec respect.

MORCEAUX DÉTACHÉS (*e*).

DE LA

TRAGÉDIE DE CATON.

ACTE PREMIER.

FRAGMENS

DE LA

PREMIÈRE SCÈNE.

PORTIUS MARCIA.

PORTIUS (*après quelques obser-*
vations faites à sa Sœur).

. . . .

Moi libre et maîtrisant, en tout tems, mes desirs :
J'ai dédaigné l'amour et ses lâches soupirs.
La beauté, trop souvent, a fléchi le courage ;
Mais un Romain qui brise à ses pieds l'esclavage,
Rigide dans ses mœurs, pour quelques vains attraits,
Ira-t-il s'amolir et courber à jamais
Son front humilié, sous le joug d'une femme ?

D'un sexe foible et vain, le despotisme infame,
Dont j'ai vu soutenir complaisament les droits,
N'appartient qu'à l'esclave efféminé des rois :
Arrachons l'homme libre à ce honteux délire.
La seule passion qui m'anime, m'inspire,
Et qui remplit mon cœur de ses feux dévorans,
C'est l'amour du pay , la haine des tyrans :
J'aime la liberté, seule elle à mon hommage,
Un amour aussi pur n'admet point de partage.

MARCIA (*lui répond après
plusieurs observations.*)

. . . .
Dis-moi, ces Citoyens, aux fronts sombres et durs,
Aux farouches regards, sont-ils toujours bien purs?
L'homme est-il en tout tems ce qu'il voudroit
                                        paroître ?
Sous ces déhors trompeurs se cachent plus d'un
                                        traître.
. . . .
Contemple enfin Caton, nul mortel, dans le monde,
N'égala sa vertu, sa sagesse profonde ;
Lorsqu'il est bon, facile envers tous ses amis,
Aux rigides vertus sévérement soumis,
Contre tous les besoins, il lutte avec courage :
La faim, la soif aride est souvent son partage ;
Supportant la chaleur, les veilles, les travaux ;
Sa fière ame est toujours, au-dessus de ses maux,
Mais autant l'égoïsme et l'indigne et l'irrite,
Autant il fuit l'éclat d'un faux zèle hypocrite ;
Et de la liberté le noble sentiment,
Mon frère, est dans son cœur, non dans son
                                        vêtement.

ACTE II.

SCÈNE VII.

DÉCIUS (envoyé de César) CATON.

DECIUS.

Pénétré du malheur, Caton, qui vous opprime;
Mais honorant, sur-tout, votre vertu sublime;
Pour vos jours en péril, César est allarmé.

CATON.

César !

DECIUS.

Il eut voulu qu'un grand homme estimé....

CATON.

Ah ! si de mon destin son ame est attendrie,
Qu'il épargne ces murs, ainsi que sa patrie :
Décius, que m'importe ou la vie, ou la mort?
Rome seule me touche, et je suivrai son sort.
Oui, voilà mon dessein, ma bouche vous l'annonce;
A votre dictateur portez cette réponse.

DECIUS.

Quand, pour vous préserver, un chemin est ouvert
Quel fanatisme affreux vous égare et vous perd?

Après tous nos succès, nos brillantes conquêtes,
Malheureux Stoïcien, voyez où vous en êtes;
Votre foible Sénat, vain de quelques secours,
Prétend-il arrêter la victoire en son cours?
Mettez votre fortune à l'abri du naufrage,
Et craignez d'être enfin écrasé par l'orage;
De César desormais, le succès affermi
Vous ôte tout espoir, devenez son ami.
Pour vous.... pour vos vertus, il suspend son
tonnerre;
Vous serez, après lui, le premier de la terre:
Il veut, se menageant l'amitié des Romains,
Remettre enfin le sort du monde entre vos mains.

CATON.

Lui, mon ami! ce traître! après sa perfidie!....
Écoutez Décius : que César congédie,
Les fières légions dont-il est entouré;
Qu'il laisse toujours libre, agir Rome à son gré;
Qu'il lui rende es loix, son pouvoir légitime,
Il peut alors, il peut compter sur mon estime.
Je dis plus en ce jour ; quoique jamais ma voix
N'ait soustrait un coupable à la rigueur des loix
Qu'elle n'usa jamais, d'une vaine éloquence,
Pour couvrir les forfaits d'un voile d'innocence;
En faveur de César oui, vous verrez Caton
Monter à la tribune, et briguer son pardon:
Qu'il se rende à mes vœux, c'est à quoi je m'engage.

DECIUS.

D'un conquérant Caton, ce style est le langage;

C'est celui d'un guerrier qui porte dans sa main
Le sort...

CATON.

Non Décius, c'est celui d'un Romain.

DÉCIUS.

Et qu'est-ce qu'un Romain ennemi d'un grand
homme
Que, dans le monde entier, on cherit, on renomme?

CATON.

Il est plus que César ; sans être revêtu
De ce vain faste ; il est ami de la vertu.

DÉCIUS.

Caton, à quoi vous sert ce fantôme inutile,
Cette vertu sauvage, importune et stérile?
A la tête aujourdhui d'un sénat sans pouvoir,
Qu'épargna le vainqueur ; quel est donc votre
espoir?
Pensez-vous, décoré d'un titre trop frivole,
Dans Utique, tonner encore au Capitole ;
Comme jadis dans Rome, aidé par le concours,
D'une foule heurlante, appuyant vos discours.

CATON.

Hé ! qui nous a jetté dans cet état funeste ?
Qui voudroit des Romains anéantir le reste ?
Qui dispersa nos rangs ; en un mot, qui poursait

Le sénat, par la guerre à la moitié réduit,
N'est-ce pas de César l'audacieuse épée?
Son pouvoir insolent, et sa gloire usurpée
Peuvent-ils, Décius, éblouir vos regards ?
Voyez, dans son vrai jour, ce favori de Mars,
Non dans l'éclat trompeur de cette fausse gloire,
Qu'imprimat sur son front une injuste victoire;
Non dans le vain éclat d'un vernis emprunté ;
Mais dans son naturel ; mais dans sa nudité:
Il ne vous offrira qu'un brigand en furie,
Armé pour désoler le monde et sa patrie ;
Qui, des maux de la terre, emprunte sa splendeur.
Sans vertu, Décius, il n'est point de grandeur :
Elle seule, est toujours et florissante et belle ;
Elle seule, jouit d'une gloire immortelle.
Cent mondes à la fois ne m'achêteroient pas,
Pour imiter celui dont vous suivez les pas.
Ses bontés, croyez-moi, ses faveurs caressantes
A l'ame de Caton sont trop avillissantes :
Au soin des juste Dieux mon destin est remis ;
Si votre maitre est grand, qu'il sauve mes amis.

D É C I U S.

Vous vous perdez.

C A T O N.

N'importe ; en cette horreur publique,
Ce que l'amitié sainte a de plus heroique
Sera mis en avant. Je laisse, après les Dieux,
Seconder le parti le plus juste à leurs yeux.

ACTE VI.

SCÈNE PREMIÈRE.

CATON *et les Conjurés* (1).

CATON. *aux Conjurés.*

Avez-vous réfléchi que, par cette conduite,
Vous allez démentir l'heureuse et longue suite
De vos explois passés? que vos rébellions
Vont souiller de vos bras les nobles actions?
Avouez troupe vile, et de pillage avide,
Que ce n'est point l'amour de Rome qui vous guide,
Ni la soif de la gloire et de la liberté;
Mais l'espoir de ravir, au monde épouvanté,
A ses peuples conquis, à cent villes en cendre
Des biens souillés du sang que vous vouliez repandre.
Ah! sans doute, enflammés par ces lâches motifs,
Le butin excitant vos desirs les plus vifs,
Courez du fier tyran, courez fonder le règne;
Vous faites bien de suivre aujourd'hui son enseigne!
O mort! dans les combats, que ne m'as tu frappé!
Dans les champs Affricains, pourquoi suis-je
échappé,

(1) Il est question d'une révolte calmée par
Caton.

Au venin des aspics, à la rage terrible
Des monstres des déserts, pour voir ce jour horrible;
Pour être le témoin de vos noirs attentats?
Mais, voici mon sein nud, percez-le donc ingrats.
Que celui d'entre vous, à qui j'ai fait outrage
Approche, et sur ce sein vienne épuiser sa rage.
Qui donc plus que Caton a suporté de maux?
N'a-t-il pas, en tous tems, partagé vos travaux?
Est-ce l'éclat trompeur d'une autorité vaine,
Qui le distingue, ou bien le travail et la peine ?
Des maux, de la fatigue, au milieu du hazard,
Quoi! n'a-t-il pas toujours eu la première part?
Et s'il est le premier qui marche à votre tête
N'est-il pas le premier en butte à la tempête?

ACTE V.
SCÈNE PREMIÈRE.

CATON seul, [*]

*Assis en posture d'un homme qui médite :
dans sa main le livre de Platon : une
épée nue sur la table auprès de lui.*

Platon! que cette idée est admirable, auguste,
Dans ce livre divin que tu raisonnes juste !

(*) C'est ici le fameux monologue sur l'immortalité de l'âme. Il ne pouvoit être mieux placé qu'en ce moment.

D'où nous vient, en effet, ce desir emporté,
Cet espoir entraînant vers l'immortalité ?
D'où nous vient cette horreur, cette invinsible crainte
En se représentant l'ame à jamais éteinte,
Et notre être, en entier, tombé dans le néant ?
Oui, la divinité, sans doute en nous créant ,
Mit, au fond de nos cœurs, cette active étincelle,
Qui nous meut en faveur d'une vie immortelle.
S'il est un créateur, tout ce que nous voyons,
Les Cieux, l'astre superbe entouré de rayons,
Et les Soleils nombreux roulants dans le silence,
Tout semble, de ce Dieu, proclamer l'existence.
Sans doute, il doit se plaire au sein de la vertu ;
Mais où ; mais dans quel lieu ? quand le monde

                                  abbatu

Appartient à César; et quand la tyrannie
Écrase, sous son joug, la vertu, le génie.
Il est donc pour le juste un heureux avenir ?
Que de doutes ô Ciel !

        Montrant l'épée qui est sur la table.

                      ceci va les finir.

Dans ces vagues pensers lorsque mon esprit flote
A côté du poison j'apperçois l'antidote :
Vers le terme fatal, ce fer me fait courir ;
Mais ce livre m'apprend que je ne puis mourir ;
Tranquille sur son sort l'ame rit à la vue
De la pointe du glaive et menaçante et nue.
Les colonnes des Cieux un jour s'écrouleront,
Et vaincus par la nuit les astres pâliront :
La nature à la fin creusera sa ruine;

Mais pour toi , ta jeunesse éclatante et divine,
Inaccessible au tems , à ses affreux revers ,
Mon ame , doit survivre à l'antique Univers.

Cependant , je ne sais qu'elle vapeur épaisse,
La saisit tout-à-coup et par dégré l'affaisse.
Je veux bien qu'elle goûte un instant de sommeil
Pour qu'elle prenne enfin l'essor à son reveil ;
Qu'à l'aspect du trépas le crime s'épouvante.
Mon ame est calme et pure , elle est indifférente,
Ne craignant ni l'effroi, ni les cris du remord,
Sur le choix du sommeil , ainsi que de la mort.

F I N.

NOTES.

(*a*) J'ai donné, comme on peut l'observer, une marche régulière à mon irrégularité : ce n'est qu'après un nombre fixe, que je quitte un rithme pour en reprendre un autre, soumis lui-même à une période déterminée.

(*b*) J'avois commencé cette ode par une description du printems ; mais outre que cette peinture, resortoit trop de mon objet ; elle rompoit encore la marche des rithmes que je m'étois imposés ; je l'ai donc supprimée tout-à-fait ; mais comme plusieurs personnes ont paru la regretter, je la retrace ici.

« Déjà la tendre rose, amour de la nature

« Déployant par degré son aimable peinture

   « A parfumé les airs.

« Déjà du jeune oiseau la voix douce et flexible

« Charme au déclin du jour la Naïade sensible,

   « Attentive à ses airs.

« Le printems, revêtu d'une robe superbe

« Hâtant les jours heureux de la naissante gerbe

   « S'offre à nos yeux surpris.

« Il rend à nos berceaux le sombre du feuillage,

« Où s'échappe en riant le cortège volage

   « Des enfans de Cypris.

(*c*) Une grande question s'élève ici : c'est de savoir si le célibat produit la corruption, ou s'il n'en est que le résultat. Il est essentiel de bien l'approfondir, dans un pays libre où l'on veut ressusciter les mœurs, afin de ne pas se tromper sur les moyens à prendre à cet égard ; afin de ne pas attaquer l'effet pour la cause.

(*d*) Je n'ai pas la manie, comme beaucoup de personnes, de rabaisser les vivans en faveur des morts, parce qu'ils ne sont pas là. Le petit amour propre de l'esprit médiocre ne sauroit pardonner à l'homme de génie, de s'être élevé au-dessus de la foule. Il critique impitoyablement un endroit foible, et passe légèrement sur un trait sublime qui est à côté. Une telle injustice n'est-elle pas faite pour décourager les talens et pour les condamner à jamais au silence ?

(e) Tout jugement particulier est dicté ou par l'intérêt, ou par la prevention, ou par la jalousie : (*) C'est donc uniquement au Public qu'un auteur doit en appeller. C'est à lui, par conséquent, que je reméts aujourd'hui le jugement du style de Caton d'Utique, en exposant sous ses yeux plusieurs morceaux pris au hazard dans le corps de cet ouvrage. Morceaux, qui pourront donner une idée et du caractère, et de la versification de cette Tragédie, annoncée depuis long-tems ; de cette Tragédie qui auroit déjà parue sans les obstacles multipliés que trouve, dans sa route, l'homme qui débute, n'étant pas étayé par un nom et une réputation, qui seuls en imposent aux esprits ordinaires.

(*) Tant d'oisifs ont la complaisance de dénigrer les ouvrages des autres sans les connoître, qu'il faut bien leur donner un petit démenti. La sottise est toujours outrée dans ses décisions : ou elle blâme effrontément, ou elle admire d'une manière stupide.